如许 是你的名字
待我归兮 待我归兮

如许

袜子 著

当代世界出版社

图书在版编目（CIP）数据

如许 / 袜子著. -- 北京：当代世界出版社，2016.5
ISBN 978-7-5090-1098-3

Ⅰ.①如… Ⅱ.①袜… Ⅲ.①诗集—中国—当代
Ⅳ.①I227

中国版本图书馆CIP数据核字(2016)第081408号

书　　名：	如许
作　　者：	袜子
责任编辑：	李丽丽
出版发行：	当代世界出版社
地　　址：	北京市复兴路4号（100860）
网　　址：	http://www.worldpress.org.cn
编务电话：	（010）83907528
发行电话：	（010）83908409
	（010）83908455
	（010）83908377
	（010）83908423（邮购）
	（010）83908410（传真）
经　　销：	新华书店
印　　刷：	北京京华虎彩印刷有限公司
开　　本：	880毫米x1230毫米　1/32
印　　张：	5.25
字　　数：	50千字
版　　次：	2016年5月第1版
印　　次：	2016年5月第1次
书　　号：	ISBN 978-7-5090-1098-3
定　　价：	35.00元

如发现印装质量问题，请与承印厂联系调换。
版权所有，翻印必究；未经许可，不得转载！

目录

见信如面

见信好 _3

收获了小麦的颜色的狐狸 _5

自醒 _7

愚妄 _9

弹鲁特琴的青蛙 _10

编纂 _12

藏在左心房口袋 _14

错解 _16

坟冢一堆 _18

还泪之说 _20

此生回不去的故乡 _22

晨风夕月照看我的花 _23

寒露 _24

不老 _27

捕风	-28
不息	-29
膏肓	-30
不灭	-32
而若	-33
聆听	-35

假若

恍惚隔世 _41

佳人如斯 _43

假若 _44

每天里赞美你七次 _46

荒唐喜剧 _47

初一 _48

或许新生 _49

今夕何夕 _51

一枕黄粱 _52

无序 _54

思绪 _56

时光坏了心肠 _58

清许 _59

如你 _61

生生 —63

咎由自取 —65

水落石出 —66

霜降 —68

提及 —70

它为什么不说话 —72

怅然

清和 _79

送君别 _80

无处遁逃的真相 _82

献给你的歌 _83

续 _85

虚无的记忆世界 _86

宿命从来决绝 _88

笑靥如花的孩子 _90

一曲月落乌啼 _93

无题 _94

寓言总是深刻 _96

永无 _98

远处 _100

长日笑话 _102

你眼睛里的月亮　　_104

梦寐　_106

力所不及　_110

做一棵植物　_112

追不到的光年　_114

你在都好　_116

怦然　_118

果不然

年月不详 _125

牛二 _127

偶遇书生 _129

你是我无法丈量的万象 _131

狂想 _132

惶惑 _134

大梦一场 _138

果不然 _139

你还是高傲的玫瑰花 _141

缱绻 _143

你站在三月的春风里 _145

如许 _146

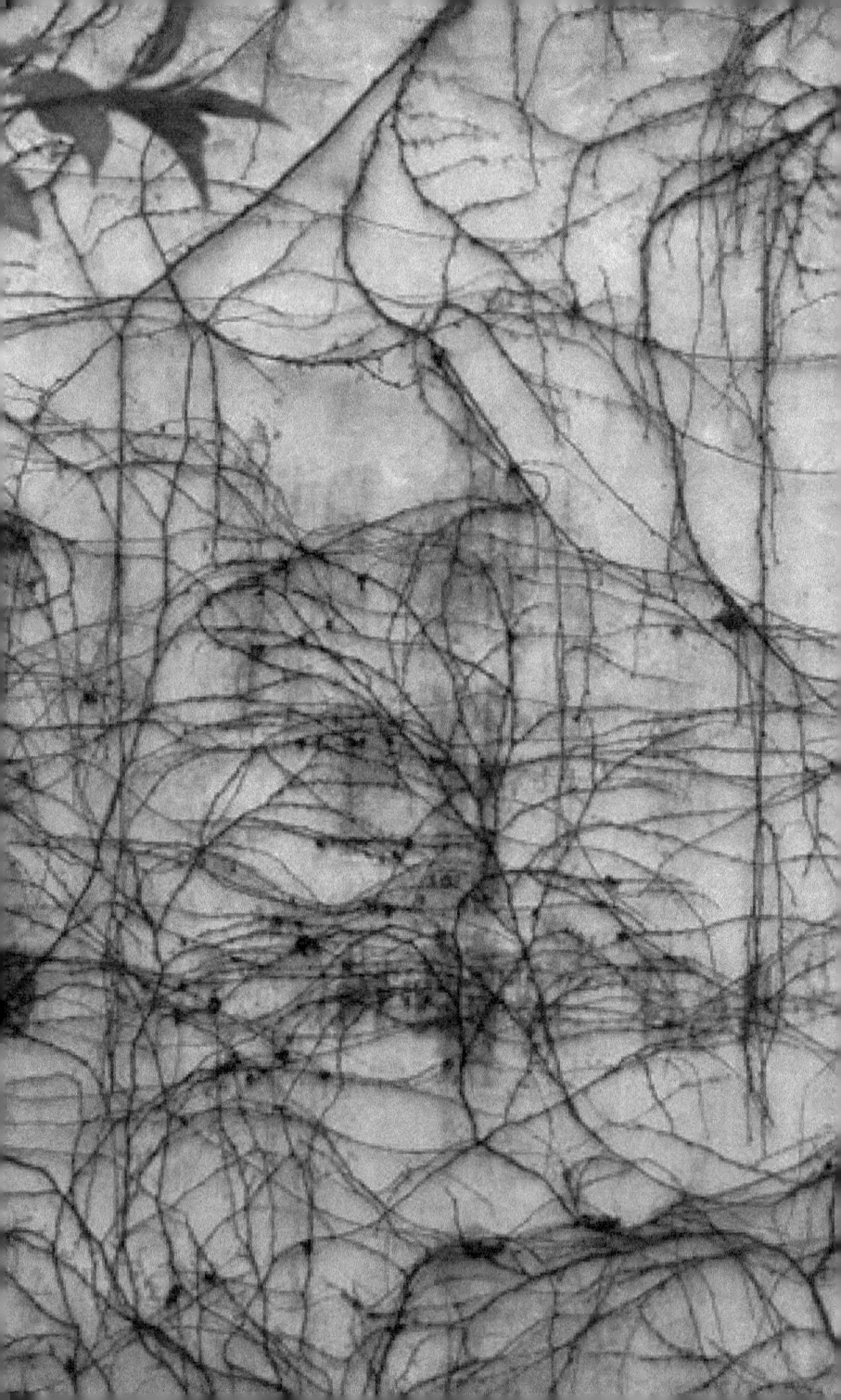

枯藤爬满斑驳的木门

锈迹斑斑的锁扣

锁住了时光

锁不住春光

可是

你还好吗?

_ 见信如面

见信好

见信如面　我想告诉你途经的见闻

荒漠有棵苍老的古树在眠一场清梦

岩石悬垂着苔藓　有溪流与青草

毛毛虫正在破茧而出

黄鼠狼和雏鹰在殊死较量

还有春日的万物生长

年轮轧过　马蹄余声里执拗任热爱捆绑

天光散尽　乌鸦奔走相告祈祷释放

青鱼窃窃私语　戒指背面刻着谁的名字

夜莺在听王子絮叨

还有一位女子在阳光下明媚如花

捧着信笺找不到邮局

路人说邮局昨夜被盗贼偷走了

连同信箱和邮递员

收获了小麦的颜色的狐狸

不灭青天

好难过的梦

你对我说只是梦而已

只是梦而已?

原来是心分崩离析

任凭我安之若素

孤傲地在白茫茫的山涧轻奏冥想曲

……川流着黑条纹的青鱼

还有穿过那片透亮的摇曳着蓝绿树叶的森林

收获了小麦的颜色的狐狸……

喋喋不休

不间歇的梦魇

后来　再也没有绽放笑脸

没有诗篇

到底是心分崩离析

任凭我安之若素

孤傲地在白茫茫的山涧轻奏冥想曲

……川流着黑条纹的青鱼

还有穿过那片透亮的摇曳着蓝绿树叶的森林

收获了小麦的颜色的狐狸 ……

自醒

假若孤独是谬误的　忧伤则是罪孽
那么　难过的你是清醒还是睡着
是在日光下还是在隐秘的思想显露
坦然无惧

汹涌的天色倒映自己癫狂的面容
理性是果决简短　真相却琐细冗长
照镜子时候只见一张圣徒面孔
虔诚仰望

太阳把月亮向星星借的眼泪偿还给银河

在有心人目光所及的深切炙热

心心念念

但愿年少的我们无所灾厄

自由并且快乐

愚妄

你任凭我思慕猖獗脱缰

幻灭　明亮

你禁锢我的思想

医治我的哀伤

充满我的遐想

斑斓苍白了年光

当你路过了万水千山

可想看看旧时挚爱模样

你看　你看新生是哭着来到世上

路尽头　忧苦宿醉一场

路尽了　让我们欢歌唱

弹鲁特琴的青蛙

日暮薄纱　枯木凋残
青山中一只弹奏鲁特琴的青蛙
为冰释前嫌隐约吟唱
呱噪呱噪　不如寻欢快活
荒野腐烂了的陈辞俗调

墓碑上刻着我的名氏　刻着你
始终是我无法抉择的诗句
字典里那么多的词
我却偏爱你的名字

和煦是你的笑意

寒彻让爱意直至与大地相依

暌违经年

依旧嬉戏于每一个梦境里

编纂

感激荒芜赐予的眼睛

不说愤懑　不提怀伤

我一言不发

只是在告别之前

请不要让相感的灵魂战栗躲藏

允许我大哭一场

在没落的日光下　编纂关于你的遐想

暑天里的馥郁　冬日的阳光

春风吹拂万物　秋天堆砌的景象

将你镌刻在心上　是我宿命的善良

斑驳的年光

不正映照往昔癫狂的模样

藏在左心房口袋

你和我一前一后

默默走着不知道怎么开口

"在一起"思索很多日子不敢对你说

春夏秋冬又一秋

独守原地笃定等燕归

诗词诉不尽惦念

梦里尽是我的哀怜

有人问起时欢喜拿起

藏在左心房口袋你的照片

暮老年岁煮茶独饮忆不尽当年

花开花落叶飘零

木兰树下惊艳这场盛宴

跋扈自恣是年光

歌赋低吟那样荒凉

错解

或许　你并不喜欢她
消沉只是你堕落的借口
欢喜的不过是想象出来的爱恋
买醉的不过是伤春悲秋

或许　她并不喜欢你
微笑是她对这个世界的善举
是你会错意　错解方程式
你高贵的王国瞬间倾塌

轨道上前行的列车窗外

流逝的暮色　不就是她不曾眷恋的原因

坟冢一堆

你是阳光雨露
你是良药苦口
我们结发白头
我们共赴穷途

你是六月飞霜
你是夏蝉冬鸣
我们锦瑟和谐
我们反目成仇

你是万丈光芒

你是混沌悬崖

我们以心供养

我们长相厮守

你若不离不弃

你若生死相依

无论贫穷富贵

我们坟冢一堆

如果我们重逢

还泪之说

哪世你甘露之惠
我披星戴月奔赴你襟怀
用这一生所有眼泪偿还

一幅画见地各异
沉溺旧闻压抑
你说你期望生机
汹涌壮阔的水面
海天雾茫茫连成一线
惊涛拍岸似诉风声
是什么在无垠恣意滋长
听来是陈迹故事

相感的魂灵

无法言明的悲伤

风雨无阻庆幸你的莅临

谢谢你的所有恩慈

知道我的软弱

懂得我的不安

理想几斤几两

不如买酒酩酊一场

此生回不去的故乡

你的家乡是我此生回不去的故乡
断柱残垣废墟中一马平川的荒野
还在寻找凭空消失的真谛
虚无里发疯地寻找差点遗失的伞
还好没有枉费苦苦寻觅失而复得

一个人在孤守这座城池
浪迹　天各一边
不经意　你的出现惊艳了时光
设定的结局带走你　留下荒凉

晨风夕月照看我的花

那一日驰骋在七彩斑斓的朝暮

不经意一瞥你绝代惊世芳菲

冷意眼神换走我敦厚余生

用尽运气为远别相逢

那一世爱如死之坚强

众水不能熄灭　大水也不能湮没

求你恻隐怜悯我一意孤行

泯灭不息若风充满穹宇

生活把我磨得一点情怀都没了

觉得什么事也就都这样吧

晨夕风露照看浇灌我的花

因为它们似你芳华

寒露

去向不知

无会也无期

矢志不移

不言也不语

万壑历历

顽贪双燕飞

守口如瓶

无言亦无语

冷冽空寂

不悟自执迷

夜薄灯熄

啾啾杜鹃啼

我从前风闻有你,现在亲眼看见你

—— 约伯记

大雨淋琅　你的心

是如明镜　还是成了灰

不老

时间失落在万古

我们相互喜悦臣服

爱情不熄　是最初至迟暮

自我丢失在河岸

困顿在干涸海床

痛楚不老　遗忘不过天真

听星星跌落的声音

暮霭沉沉等它浮出水面

深刻不老　消逝不过健忘

捕风

陷在黑暗之中　望着对面山峦
我在衡量光与光之间的距离
听　有什么东西碎掉的声音
打翻了啤酒撒落一地沁凉
自己与自己对话　途经璀璨星夜
我暗暗思量星宿运行的轨迹
绝尘赶路留下取暖的火堆
星星点点半明半灭摇曳
追月逐星赶不上你的踪迹
固执热忱却是捕空　却是捕风
愈去愈远　恍惚寻回遗失孤岛上的白衫
这样的结局谈何圆满？谈何如愿以偿？

不息

这大海的水
数以亿年不分昼夜
奔腾不息到我面前
忘却年岁流离颠沛
带着被遗失的声讯
娓娓道来它的岁月

膏肓

躲避在自己的世界
幸有遍野枯木作陪
从未谋面无限时空
遥远又亲密
你习惯了孤独才自由
还是自由多了才孤独
你仍然没有到来

孤寂的人都喜欢深夜
思念是猖獗的盗贼
意切是深渗骨髓的瘾

情深是铺天盖地的暴雨

是握不住的和煦的风

不灭

飞跃沉默的地平线
穿过密不透风的深林
爱情不灭
昔在　今在　永在
横渡杳无人迹的洋海
经过不可逾越的荒原
我风尘仆仆披着露水
将心放在你手里
如同鹿切慕溪水
我歌吟一腔热忱
吟向从不隐瞒的月亮

而若

一笔一画一页一页的欢喜

是你重新开始撕掉不见天日的心事

你不再记得　让你讶异的

那瞬奇葩在你指尖绽放

浪子游荡无处安定的家

是你决绝关上的心房

万物都让我流泪

赶场　一出接一出的离合悲欢

而若我此刻清醒

只是为了窥视

那了然我执念于惊鸿一瞥的瞬间

聆听

你　那个你走肉行尸　赢弱穷苦
你　那个你虚妄无度　怨恨苦毒
你　那个你洁白无染　百世流芳
你　那个你忠贞不渝　举世无双
你　那个你倾吐心声　满噙希冀
你　那个你毋庸置疑　永垂不朽
切勿这样
悲恸的人　在幸福的人面前哀哭
幸福的人　在流泪的人跟前跳舞

西子湖畔
残荷宛若仙鹤的颈
假若
我站在细雨的岸边
你是否会出现
带着一把油纸伞

— 假若

恍惚隔世

风尘仆仆奔赴一场日落

赞叹造物主独具匠心

眼前美景盛况不辜负

看着你疲倦惺忪睡眼

有个人背手一旁

高兴得双眼眯成两弯新月

恍惚隔世的光景

失落孤伶这夜已深沉

飓风骤雨让人心惊

初见那一眼便注定断了性命

如果上帝允许

我是永远不会再归去

请不要为我唱哀歌

路过我的坟茔也请不要哭泣

或许　在永世里没有离弃

我俩仍然心命相依

……

佳人如斯

沿途树影斑驳
幽若山谷清冽的风拂过你满怀愁绪
是难圆其说的假面
和看尽这失无所失　得无所得的余生
你注视一朵花开的时间
我凝望你的笑意　翻涌的思绪
仿佛沉入浩瀚深海
像是做了一个很长的梦　醒不过来

朝思暮盼的人愿你笑靥如花　容颜不改
因为有你的同在
愿我坚固　无所畏惧地勇往直前

假若

假若日子可以一针一线缝合

能否阻止一颗心灵破碎

能否收藏门隙里的月光

能否和遗失的人相会

能否沉浸温柔乡忘苦偿

假若濒临荒岛无人知晓

能否观照本相不悲不喜

能否拥抱相见如故的她

能否拾起我的魂灵游历万乡

澄明如初离苦无忧

假若　正是契机将你遗忘

每天赞美你七次

你是那口浓烈的酒

滚烫心灰意冷的思绪

可为什么越喝越有冷意

你是那棵参天的树

我一天里怔怔望着你七次

赞美你七次

你是那青春岁月里

抹不掉的浓墨重彩

你是判了我无期徒刑吧!

我没有解开的药引

世上也没有

荒唐喜剧

午后暖阳温暖了许多

窗外堆积的落叶已经那么厚

你拉着我的手逗着狗狗

光影隐约在你身上明晃跳跃得好看

这应该又是梦一场

酸风苦雨

锋利冷冽一袭素衣

没有尽头的长路戚戚

好笑这荒唐迥异人间喜剧

却道故人乖张暴戾

又及你眉头不曾紧蹙

任凭风浪狂妄　像海角坚固

初一

长路冥冥　点盏心火给夜归的人
当她叩响心门
道长说短听一听这一路的趣闻
指尖抚过沿途荆棘划下的伤痕
触目惊心怎样将它愈合
跋山涉水　镜里的人眼角泛着泪花
饱含热切愿望　相拥饮泣
为了这一刹那
我卖光一切直至挖空心思
直至秋天不再殷勤结满果实
无花果树也不效力
直至一而概之　无从说起

或许新生

子夜的路灯陪伴未眠的人们
各自孤独的人数算心声放空心房
街道冷清　全城寂静　偶尔汽车轰鸣
这样情境清楚内心诚实的声音
穿过长长山洞似重新呼吸

生命里好的不好的　都经过
微弱的烟雾寥寥在黑暗里升空
身体飘忽　心蒙了脂油　耳朵发沉
起初美好的　末后残破　时过境迁
滚滚世间长河的洗礼　物非人非

望你依然秉持纯真不受污染

熬过难过时候或许如新生

如初　物是人是　所遇是良人

今夕何夕

奇幻梦境里卸下防备

眼镜像纸片一样断裂

庭院白茶花傲立风霜暗赏孤芳

没有妒忌猜疑　清冽如许

门前老者询问今夕何日兮？

空空洞洞望向遥迢又遥迢的远方

岁月拂过单薄衣襟刻画沧桑

惊惶那年是谁叩响谁的心房

低垂眸子瞥过所有盛衰酣畅

你仍然要向孩童一样

对这个世界怀抱良善　择期起航

一枕黄粱

转角你的亮相

在不经事的年少

莞尔一笑

便是倾城哗然

为之痴狂

感激赠我一枕黄粱

却让美梦更悠长

多少岁月的深图远景

变作残生的臆想

后来我搜罗万象

远不及你眼目安详

心中生尘在时光里的他乡

不止朝着你的所在注望

无序

是你大笑的样子

让我万般着迷

空空荡荡像孤魂秉烛夜游

似波涛席卷的泡沫惨白

狂妄汹涌而至

避之不及　生怕裸露明晰

人生苦长闷多　何不快活

烟雾虚无　枯肠煮酒

北方的北方　荒岛孤立如旧

舟楫何不跌跌宕宕向她襟袖

何不逍遥自得

何不健忘　杯斟满　一饮欢

思绪

秋意正凉
乘着月光
捕捉星芒
白雾里思量

何苦为难
委曲求全
欲笺心事
易无邪天真

长情暗偿

烛光惆怅

时间很轻

在你眼眸里沉没

退路是悬崖万丈

时光坏了心肠

流年望着钟楼八方　人来人往
追忆在东大街的白日挥发散荡
肆无忌惮的冷风刺透额堂
美人啊　真是没有良心
摘下玫瑰亲吻后就杳无踪影

我将月亮掷入悲怆的波澜
愤怒的轨迹在大水中澎湃
破碎后摇曳着明灭的光亮
时光啊　真是坏了心肠
美好愿望都在它怀里消亡

清许

宇宙时明时暗

你在哪里?

草木阳光清许

你在哪里?

请看难得喜剧

你在哪里?

万事万般有意

风吹无迹

难题是流年泄露的书简

忧患始于你荒唐的经年

你是骄　你是怯

是莫测　是择拣

我是过　我是堕

是沉溺　是庸碌

如你

灰蒙蒙的天

瓦片上的零丁青苔一如既往

昔昔踪迹何处寻

青丝蝉鬓幽期问

我君许黄昏为期

月明如水澄澈如你

相安年华寂寂渔灯

恋你都畏惧不敢

归期将至恨不得立即狂奔见你

癫狂荒唐是往昔

薄暮冰轮四弦秋

凛冽彻底冰寒如你

寒来暑往静数深秋

生生

昨夜星辰　我们一如初见欢天喜地
却被时光勒索而分崩离析
支离破碎一地冰凉

醒不来的梦　整理思绪不知你在哪里？
一起走过的地方冲印成照片
想着将它给你寄去

怪我不够美丽　谦卑到不配不能给你所意
扑朔迷离墨绿　纯粹的远方掠过麋鹿踪迹

一去经年的人儿　是否收到青鸟衔去雁羽

生生不息的绝对　满目疮痍
生生不灭的惦记　寡薄人事
生生不息的心意　念念相忘么？
生生不灭的星空　不可须臾离
生生切切的暌违　惺惺惜惺惺

咎由自取

过得步步为营是你想要的吗？
原来　我们都是孤独的受造物
就让生命顺其自然
以缄默来自处伤口
过后一笑泯恩仇
结局咎由自取是我福分薄
到底　声嘶力竭挣扎不过坎坷
人生跌跌宕宕仿似坐过山车
饱览山巅和幽暗深谷
才不枉费用尽运气遇到你
别走太远了
转身望不到我的心火

水落石出

深邃的眼眸流连妄想
是哪个方向才能迷途知返?
遥远天际风吹草低孤烟起
你是那只蜻蜓　路过我心上
苦思冥想原来是惊惧一场
所有时间里的都会是过场

人们总是在忙忙碌碌
关系与关系总是隐藏阴谋
我要在彼得潘的永无乡 ——
广袤富饶的大地上尽情飞翔

我要去往海深处将美人鱼拜访

问一问她有无痛断肝肠

走针崩塌了　洪荒倾覆　水落了石出

霜降

天起凉风　日影飞去
前额冰凉耳骨生疼的寒意
抬头望冷星数点　妆发为谁?

或许世间所有苦难都会过去
深秋冷意清醒了思绪
庆幸年岁有你相伴相依
也许孤寂作祟
想问问你情深几许

荒野茫茫风吹草黄

试图追逐西沉落日　绑架升起的月亮

看看情深能否回到最初模样？

提及

难道时光并不曾消逝

湍湍汩汩徒劳给予了静寂?

茫茫的静寂观瞻着我

我在静寂里颤悸凝视着你

在春暖花开的时候

就出发去找寻自己

是去见一见未知的面目

或者会一会在将失落的我寻找的你

风雨兼程　夜如年长

乌鸦更换了音调　向我提及

背信弃义的溽暑下起了大雪

将一览无遗的真相隐藏

它为什么不说话

喧哗故作姿态往寂寥窥探
嘲笑它为什么沉默不言
转身离开去到人群
钢筋水泥的城市霓虹闪烁
纸醉灯迷的孤单肆意狂欢

忧思忡忡在心门上了锁
往无垠深处丢掉钥匙
过路旅人匆匆敲门无应答
它为什么不说话
满园子的苹果坠落在荒草上

寂寥欣赏的姿态望着一地颓废

它为什么不说话

思念　思念遥远的月亮

— 怦然

清和

消融瓦解暗夜结的冰霜

渡过无人行走的草昧洪荒

自讽一路上的灰心热肠

强大到可抵御狂风暴浪

与你与我一直在认知

与你与我一直在离别

安静的春日里的窗外艳阳

清和拂拭昨夜落下的尘埃

脱去污秽沉甸的翅膀

趁着恰好年华　迎着逆风方向

与成真的梦想席地而坐休憩溪水旁

与你与我一直在认知

与你与我一直在离别

送君别

你看多离别

是否硬着心肠习惯伤悲

振聋的鼓声

离人的泪

因为哀思抹眼

或是因为哀荡的鼓乐

欢乐舞步　激昂歌声

可为什么心里啼血

你转过脸不看我　望着青天

石泉冰清　遍野玫瑰枯萎

身后清风　送君别

两岸花败　你若一去孤单　天星作陪

无处遁逃的真相

你是潜匿在现实的真相

是生活里握不住流沙的挣扎

你是当下的困境

和庸常白日的新仇旧怨

是否收拾行囊再次出发

没有目的　只为远方

清晨睁眼看着你惺忪睡眼

看着我们老去的容颜

看着记忆里　你笨拙的初吻

窥望路途上走散的

你的不朽的姓氏

是我　至今无处遁逃的心事

献给你的歌

年少呓语"很久很久天长地久" 可是……
根茎和树木失去关系 叫木怎么成活?
于你以外子遗蛮荒
噙满泪水的赤赤双目 天又光了
遇见少年时的我们 决堤的热泪盈眶
笔触都是你的涟漪 须臾都珍贵 ——
真心唱着献给你的歌
挚诚的热烈脸红的情话
你告诉我你都明了都知道
我的世界又缤纷绚烂开满鲜花
你肯定确定 于我是无穷尽的依附
你已到达彼端向我挥手 我流离暗黑漩涡

于我寂冷有限无边

红着眼睛微微笑的脸　又是雨天

扼守着的点点滴滴　孤寂的死生契阔

开篇后记眉眼间是你　姿态惹怜惜——

长安长安　让它成谜

词不达意的这首歌献给你

君子于役　不知其期

续

听！什么声音穿透世界

震颤四季遐想

明亮　亲切　生疼

翻过多少峻岭

越过多少河川

漂泊多少洋海

周折艰辛来到我身边

脸上还挂着泪珠

眼眸里闪烁的月亮

正是我想象

虚无的记忆世界

将心交出瞬间就注定粉身碎骨

意乱情迷在你不经意的眉间

期望企及你一袭芳香

哪怕前面盘踞的是峻岭高山

怎样珍藏你的风情呢?

在漫漫老去的年月

煮煮酒　眯着眼

让我们说说书籍　说说远方

念及本心说一说

灵魂被触动

是源于哪个音节?哪个时间?

虚无的记忆世界掷地有声
在无边循环回荡
我们是幸运的　你看 ——
黎明的曙光即将照亮

宿命从来决绝

泪光沾湿梦乡
是谁的名氏镶进脊梁?
活过已不枉
我还有诗酒和遐想
搜刮一切美好将你颂扬
萎靡世间诡辩的表象
焚烧净尽有情人饱含的热望
宿命从来决绝不得商量
我们深知是彼此的救赎渴想
末世只剩一片大地茫茫

有生之年我仍要把你歌唱

告别　我们没说再见

以梦为马不曾离分

笑靥如花的孩子

我们小心翼翼地感知

热腾腾颤抖的心意

一不小心被失去

一不小心没了自己　没了意义

漫天雪花映入眼帘的诧异

你高兴起来

手舞足蹈

像个可爱的孩子

笑靥如花的孩子

嘘！不要流露蛛丝马迹

恐怕惊动人们的妒忌

轻轻　轻轻

明天　明天云淡风轻

寂寂兮踩着时间的声音

这里一切很陌生

这里的风凛冽分明

是我太贪心

年少轻狂攀援绝壁的惊愕

你欢喜起来

手舞足蹈

像个天真的孩子

笑靥如花的孩子

嘘！不要流露蛛丝马迹

恐怕惊动人们的妒忌

轻轻　轻轻

平静的海面掀起暴浪

沉寂的天空骤起风沙

干涸的荒漠现海市蜃楼

千古如故的月光下

你轻舞一曲离殇

一曲月落乌啼

追随你的影子来到远行落脚的客栈

已经很老的猫依旧在春阳中沉沉睡去

桥的那头枯树还在孤寂张望

流水哗啦　橹声吱呀　伴奏一怀惆怅

听老先生吴侬软语评书一曲月落乌啼

剔透的珠泪漫山遍野　荒草萋萋

时间它跑得真快　挂牵依旧沉甸

是似苦行者一怀情深　还避无可避的明天

枯竭的魂灵空荡　无所心安

飘荡　飘荡

无题

以密友相处可能会比亲爱合称许多

终于还是开口各自生活

对立事实或许刻骨

就这样吧!

像开始一样结束

无所事事吃饭聊天看电影拥吻

像情侣一般

海边沐浴暖风

喝酒抽烟瞥见海水涨了又落

自由是什么样子？理想是什么颜色？

同在屋檐下的南辕北辙

人间复杂世态炎凉

难得有心人从始至终依存取暖

劳碌相聚　离别都酸

扛过去的人都勇敢

经年愁苦

白发和丑陋的伤疤　会荣耀得发亮

寓言总是深刻

北方有家　南方有佳人
也许是童话故事看太多了
总是对你希冀太多　镜花水月的幻想

寓言也总是深刻彻底
如今你似稻草人守口如瓶
双目泪涔涔　满怀噤若寒蝉的心事

遥不可期的明年今日
入戏太深的演员过犹不及

还谢谢你杜撰台下嘘声一片的讶异

瑟瑟秋风惊醒了白日梦

思念却不识相　猖狂肆意疯长

永无

奔涌而来的潮水

像是 永无归期

海上升起这轮月亮

泛白 没有笑脸

没有你 我似死去

悲戚 毫无生机

夜凉如水 死于无望

思念 侵袭啃噬

羡煞你的发梳

伴你朝夕

潮汐涨又落　月亮落又升起

返复　永无尽期

远处

森林彻夜失眠
大山黑着脸
迎着晨曦刚下过雨的地面
绿荫大树滴沥水珠
透亮露水浸入心底冰凉清楚
我单薄的衣襟迎风飞舞

乌鸦沉沉安详
鱼儿也睡着了
恍惚惨白暮色形只影单
走不出去的黑漆漆死路

借问骨瘦嶙峋三只脚爬行的老妪

塌陷双鬓

空洞的眼神遥指远处

长日笑话

空欢喜一场

是漫不经心长日里的笑话

厌弃前身寥寥趟过的那条河

这一栋楼里新生哇哇啼哭

这一栋楼里腹中号啕夭折

整个城市白雾茫茫　不请自来

布景渲染如同末日一般

没什么大不了　不就胸口碗口大的疤

白雪已经堆积那么厚

转眼即将春草葱葱

夏天滴着汗水　麦子熟透

秋天一地金黄

四季依旧旋转着探戈

你的名字

唤出口便是石破天惊

震落四时轮转 繁花灿烂

你眼睛里的月亮

赤诚白净的少年
倔强追随光明的踪迹
遥远　是梦境里
薄暮不落　是非惊心动魄

海涵我拙劣的诗作
执意向往她的芳馥
满怀委屈真情意
难以相逢在年年岁岁

你眼睛里的月亮

有不可告人的秘密

灵魂所及的深切

低垂眸子　轻舞一曲别离

梦寐

花儿　在思想之外生长

无邪明媚　清澈我浑浊的目光

涤净我一身泥泞

尽管严寒流泻永无尽头

昭明青空摇曳之姿仿若隔世再见

再见为你补天填地的日月河山

为你捕捞的七斗　捉摸的星轨

再见为你盛放的欢欣

花儿　在意欲之外无暇

梦寐不忘　我置身两难

溪水潺潺如昨　青山不改初衷

春来秋往年轮如冬

昭明青空摇曳之姿仿若隔世再见

再见为你补天填地的日月河山

为你捕捞的七斗　捉摸的星轨

再见为你盛放的欢欣

力所不及

翻山越岭见君一面
相对无言两行泪
哀恸泛滥淹没时间表象
力所不及　遗憾或该庆幸不能美满

走吧！我们喝酒骑马去远方
来日方长　炽热翻涌堆砌成牢墙
忧思繁衍生息　倾泻成章
至此苦难与时同长

细思量 时日能否泯灭哀伤
用尽余生绚烂来祭奠狂欢

爱人 你怎舍得我难过心伤?

做一棵植物

记忆里的时间煮雨
触不可及的爱人
万事万物都在飞逝

望着你　深邃的轮廓
脆弱不堪　我的珍惜
仿佛掉进广阔的海里

想　做一棵植物
言不明起初的路

我要你聪明自由

不辜负我痛彻肺腑　踉跄谢幕

追不到的光年

流萤闪烁向夏夜深处流泻
难说清楚的告别　会在永生相见
其实多希望你转过身看看我
却拒绝你看到我流泪抽搐的脸

思念的长度比地球到月亮还长
思念是无限无边没有域疆
原谅我左手贪恋右手流年
抓也抓不住地费神劳心

微不足道的存在　一心想护你周全

怕你淋湿　打着伞带你逃离荒乱城池

追也追不到的光年

费尽心思换来虚掷光阴

你再也没有回来　生怕你回来

弄妆画眉似新妇坐立不安

你在都好

我的花儿留心为我倾听

还有过路的蜻蜓

受宠若惊用心低吟浅唱

窥视这一幕的蝴蝶也沉默梳妆打扮起来

你多好　你在怎样都好

坚实的温度再也触碰不到

你看天上几千年来不变的孤月

和这个乍暖还寒的季候　悲怆得像我的初心

寂寂冷冷的山丘

物是人非的景色　千疮百孔的心

遍野枯木落叶中有一个荒冢

埋葬着我们

怅然

笃定白雾挡住前路
你就似这雾里的青山
我始终看不清这白雾里
掩埋的你的轮廓
不记得熬过多少年岁
跨过多少洋河山川
饱含热切相拥亲爱的姑娘
相对照看霎时惊讶
眼前目光化成了万壑千山

生命各有轨迹

望一望起初的心意

我们应该依然自由快乐

日光会冲破云层光耀明媚

而心花怦然为你盛开

你要保守你的心

胜过保守一切

因为一生的果效由心发出

求你将我放在心上如印记

带在你的臂上如戳记……

——《圣经》

– 果不然

年月不详

时间之外　醒来　写封长长的信

匿名寄给你　此去经年

冬蝉夏雪　绸缪往复

浩瀚无垠　找寻年光里哪一点？

幻象散落边际　萤火熠熠

春月秋花　更与谁语？

寂月焚香　姿态低到尘埃里

寓言的离散　如期而至

孑然一身　寒凶岁弊

汹涌壮阔　归期未有期

我惊

……

年月不详

于昔皈依

零星 零星 零星

牛二

叮咚　谁啊　牛二

叮咚　谁啊　牛二

日照三竿　睡大觉的懒猫起床接电话啦

要见日思夜想的姑娘啦

一个激灵　双目炯炯有神去梳洗穿戴

呆萌犯二对着镜子笑的憨样

穿过篱笆　公路　越过山冈

采下春光里的芬芳送给她

叮咚　谁啊　牛二

叮咚　谁啊　牛二

日照三竿　睡大觉的懒猫起床接电话啦

要见日思夜想的姑娘啦

一个激灵　双目炯炯有神去梳洗穿戴

呆萌犯二对着镜子笑的憨样

披星戴月　跨过银河

捕捉透彻的星芒送给她

偶遇书生

书生　去海中央见识一下风浪
书生　去荒漠里痛饮一场甘霖
书生　去大峡谷沐浴泉水荡漾

书生　没有思忖和弥天大谎
书生　没有论断与妄然臆想
书生　迎向逆光　剪影更漂亮

书生　去尽头看一看幸运极光
书生　去避风港愈合遍体鳞伤

书生　去坚固台安详吟诗歌唱

古籍里信步而来的书生
烟雨尘寰　雨打窗前
一曲琵琶　一袭南音
为百花馥郁踟蹰的
正是耽误的时光

你是我无法丈量的万象

你是浩瀚宇宙我夜夜瞻仰

你是不止洋海填满枯竭渴望

是温柔的月亮安抚油尽灯灭的心房

是北斗星光指引我方向

你是光造访我荒木丛生的景象

是不息的暖风拂后莺飞草长

是我无法丈量的万象

狂想

我在北半球眺望澎湃的狂想
和稀薄贫瘠相拥的惊惶
狂欢还是那一笔浓墨
回忆在午夜嚣张
宣告信仰

枕头上是你的故乡
还有你白净的衣裳
衣裳上有我迷恋的花香
想念你以星辰之名
为我作证明

世界上如果没有童话

那深爱着你的我如何才能不放纵想象

惶惑

清晨我在太阳之前醒来
月亮在我的肩上跟我比快
策马加鞭来到你的屋前
只为了心满意足见你一面

尘世玷污了银铃笑声
世事浑浊清澈眉眼
直到忘却了风雨兼程
一笑置之最初奔赴的情怀

我惶惑片刻就流逝的光阴

惶惑醒来便老去的欲念

和荒唐大梦的青春

走过万水千山闭口不言

大梦一场

不如我们远行吧!
翻山越岭去寻找那束阳光
时光荏苒　不曾退让
大雪沉寂　这国境以南　星河璀璨
候鸟迁徙北方　乌鸦寓意安康

是谁的语气烙印成我的乡腔
也就你有本事让我挂肚牵肠
云起风涌又痛彻无望
千转百回是我的泪光
是你的吻痕刻画在我肩膀
生长　辉煌　开出一簇绝艳的曼珠罗华

果不然

我站在这里遥望

日升日落　冬雪春花

一场冷雨　一页秋黄

我如是傲然安生

躲避逃离　千里万里

万象生长　万相绝望

我观看星宿列张

满纸相思　心酸荒唐

白月光照得我想她

我聆听四方上下
一曲高山流水
万事都应该是完美结局

你还是高傲的玫瑰花

是自省还是忧伤
是喜乐还是惆怅
是贫瘠还是光亮
是无望还是倔强

是假面还是想象
是高兴还是劳苦
是把戏还是托付
是自满还是卑谦

你还是高傲的玫瑰花

我依然看不清你莫测的光芒

缱绻

一念之间刮过的一场大风
翻阅心事过后仓皇远行
茫茫海上和天色缄默自处
思量过后是福浅　是伎俩或是底细

一时之迷暴走的一阵大雨
浇熄执拗过后顿然无形
凄凄寒夜与烛火成双对影
思绪万千是顺从　是结局还是质疑

缱绻渲尽我哀伤的文字

余晖只焚成这一炉香气

如果我们能通晓彼此的心意

懦弱不堪一击的是年光的桎梏

你站在三月的春风里

孤傲决绝难道蓄意算计多年
轻嘴薄舌是预谋的嘴脸
扭曲的丑陋的伤心欲绝
境由心生抑或命运多舛

你站在三月的春风里了然看见
莺飞草长　风平浪静
身后的瞬息万变
却不见我迷失在雨林苦行虔心

如许

和风在屋外叹息远去

晨星在沉沉天幕低语

子规重复说不如归去

归去兮　水穿石　花事靡

竹林已不是那片竹林

观自在前的你还是你

布谷谛听你只字不提

呔　待我归兮　清瘦如许